图书在版编目（CIP）数据

夜里你若听见风：马书平诗歌集 / 马书平著.
北京：新华出版社，2017.9
ISBN 978-7-5166-3506-3

Ⅰ.①夜…　Ⅱ.①马…　Ⅲ.①诗集－中国－当代
Ⅳ.①I227

中国版本图书馆CIP数据核字（2017）第233647号

夜里你若听见风：马书平诗歌集

作　　者：马书平

责任编辑：徐文贤　　**责任印制：**廖成华
封面设计：臻美书装

出版发行：新华出版社
地　　址：北京石景山区京原路8号　**邮　　编：**100040
网　　址：http：//www.xinhuapub.com
经　　销：新华书店、新华出版社天猫旗舰店、京东旗舰店及各大网店
购书热线：010－63077122　　**中国新闻书店购书热线：**010－63072012

照　　排：臻美书装
印　　刷：河北鑫兆源印刷有限公司

成品尺寸：128mm×208mm　1/32
印　　张：8.75　　**字　　数：**160千字
版　　次：2018年1月第一版　　**印　　次：**2023年12月第二次印刷
书　　号：ISBN　978-7-5166-3506-3
定　　价：32.00元

图书如有印装问题请与出版社联系调换：010-63077101

夜里你若听见风

YELI NIRUO TINGJIAN FENG

马书平诗歌集

马书平◎著

新华出版社

序

闵凡路

我与书平相识于 1992 年。那时，他在中国新闻学院读书，我作为中国新闻学院兼职教授在那里讲授新闻评论写作，由此结下“师生之缘”。转眼 25 年过去，书平已从学生、记者成长为新华社新媒体中心副总裁，新闻事业的中坚，令人欣慰。

我知道书平这些年工作很努力，几经变动，初心不改，能写稿，善经营，业绩斐然。他给自己微信起的名号，叫“老马爱岗敬业”。

国庆前夕，书平来看我，把他的一本诗集文稿放到我的面前，嘱我为之作序。直到这时，我才知道他还是一个诗人。

长假期间，阅读书平诗集，能感受到这位燕赵汉子内心深处的柔情似水，也能看到他作为新闻人的壮志如虹。

诗作以《夜里你若听见风》为书名，正是作者爱心的诗意表达。“夜里你若听见风 / 你不要担心 / 安静地睡吧 / 那是我爱你的心 / 守护着你又不惊扰你的梦”。

在这本集子里，爱情诗占了一半以上。爱的纯洁与美好，爱的真挚与珍贵，这种情感的波澜，化作跳动的诗行，优美的旋律，让人感动。在作者心中，爱是净土，是花蕊，是星月相伴，任地老天荒，爱心永恒。“我是你寻找的那片海 / 只有你跳进来 / 被我包围的时候 / 才能体会我的情感和胸怀 /《真爱》”。

在马书平写给母亲的五首诗里，更深藏着一个赤子对身在农村的慈母的爱。“她是我一生的源啊 / 如鲜花 / 开在我生命的每个驿站 /《她如花开在我生命里》”。“人世间最动人的脸庞 / 就是泪光追着泪光 / 是心碰的响声 / 流去的凝望 /《渔火》”。这诗句能让人触摸到爱心的滚烫。

柔情的另一面，则是刚毅。书平曾在冀中平原、青藏高原度过二十多年的记者生涯。基层的历练，生活的艰苦，与人民群众的深厚感情，铸就了他的执着的性格与坚定的信念。“行进于风和浪 / 才如此壮美 / 得助于帆和桨 / 才如此地平稳 /《小舟》”。

在《我为祖国歌唱》中，诗人尽情挥洒对祖国的爱恋之情：“我今天醉了 / 醉得宛如金水河的水 / 就躺在祖国的心脏 / 我在自由歌唱 / 我在聆听 / 每天在我走过的铿锵有力的脚步声 / 就是祖国发展的回响 / 我每天都在渴望 / 奉献在青春里 / 醉倒在中国梦的畅想中”。在《昨天今天明天》一诗中，诗人写道：“昨天 / 我们总是彷徨迷茫 / 甚至找不到前进的方向 / 还有淡淡的忧伤 / 今天 / 我们总是拼搏，坚强 / 征服着一个个的艰难险阻 / 让自己百炼成钢 / 明天 / 我们坚信会有黎明 / 还有灿烂的阳光 / 绘就人生的山高水长”。

对于人生，幸福，各有各的理解。书平在《幸福是什么》的诗里，用小草说、小溪说、大海说，讲出各自对幸福的诠释，彰显各自的志向风采与激情澎湃，然后是“我说”幸福：“我说 / 是我无怨无悔的奉献 / 默默无闻的背后我那无法言说的家国情怀”。文如其人，诗是心声。志向之高远，信仰之坚定，尽现于朴实无华的诗句中。

诗意，哲理，爱情，人生，构成马书平诗集的主线，通篇洋溢着爱，个人的情爱与人间的大爱。他的哲理诗《中间》这样写道：“地狱的苦 / 高处的寒 / 爱在天地间 / 远方的梦 / 逝去的淡 / 福在今天”。

我曾在给诗赋作者的寄语中，讲了六个字：精神、色彩、味道。文有精神，境界高远，气势轩昂；文有色彩，清词丽句，赏心悦目；文有味道，内涵深厚，余味无穷。精神，色彩，味道，三者皆备，则馨香满纸，精彩纷呈。无论新诗，还是旧体诗，都应如此。

新闻工作是繁忙辛苦的。书平在工作之余不断创作各种题材的诗，以诗抒情言志，是难能可贵的。时代多奇迹，人间要好诗。在对马书平诗集出版表示祝贺之时，我希望书平长葆诗心激情，做伟大时代的歌者，为人间留下更多美好的诗章。

是为序。

2017 年 10 月 7 日作于北京

目 录 CONTENTS

梧桐树（新诗 176 首）

我为祖国歌唱（励志诗 8 首）

古寺钟声（哲理诗 29 首）

与你同行（生活诗 24 首）

向日葵（散文诗 26 篇）

散步椰林（哲理篇 11 篇）

船　歌（生活篇 5 篇）

信　笺（爱情篇 10 篇）

太行石（古诗 8 首）

梧桐树

（新诗 176 首）

我为祖国歌唱

（励志诗 8 首）

握住您的手

今天　2016 年 2 月 19 日
是个特殊的好日子
您要来我们这里
一个新闻的第一线
很早　我们就准备着期待着

在我们一楼大厅
您健步走来
没有挥挥手走去
而是躬下身子与欢送您的人群一一握手
11 点 06 分
我也有幸握到您那双手
暖暖的

握住您的手
真像是一股电流
流过心头
您是总书记
日理万机

还给我们——握手
让我感动

握住您的手
就如同握着未来
您牵着中国走向未来
走向世界舞台的中央
中国因您而改变
变得更加强大
更有魅力
我们也更有获得感

握住您的手
是我一生最好的纪念
也是我最大的动力
作为一个普通的中国人
勤奋努力
精益求精
就是对您最好的支持

我相信
中国人
都会跟着您
从我做起
天天如此

2016 年 2 月 19 日

四十二行光辉足迹

祖国经历了
历史的风雨
天安门的国徽上
刻印着历史的课题
该倒塌的终于倒下去
新的希望又在不断地竖起

四十二个春秋
就是四十二面红旗
一面红旗
就是一行闪光的足迹
一面红旗
就和天安门的国徽交映出一支《义勇军进行曲》

我们渴望绿色
我们坚强无比
灾难积蓄力量
痛苦分娩勇气
我们深深地懂得
每一粒果实

每一点成绩
又是多么来之不易

那一声浓重的湘音
在我们的耳际响彻了
四十二次
天安门城楼上
那一只挥摇的手臂
给我们注进了
永恒的动力

中国人有中国人的性格
中国人有中国人的品质
那么坚毅
那么有力
从不会乞求别人的怜悯
从不会屈服霸权的压力
既然历史给了我们生存的天地
就让我们筑起
万众信任的长堤
走自己的路
勇敢地走下去

——庆祝新中国成立四十二周年

烈士陵园

在烈士的墓地
青春和鲜花充满体内
涂满硝烟的面孔
美如黄金
枪声在头顶上响过之后
贴近大地的心灵
用一种尊严和精神
守护着圣土

此时　我心中的泪
落在虔诚者的墓前
看我十指颤抖的手臂
举在天地间　阳光如注
在春天以及久远的季节
听他们纯真的芳香
怎样漫过我的头颅
覆盖我的躯体

读他们的名字和肖像
在我与他们相逢的掌心

我的脆弱的心灵已被他们击碎
一支枪
掠过青草和黄昏
远古的和平像一支马队
踏踏而来

遥望北京

遥望北京
这星星的光亮
那是我家乡
我是被人抢夺去的孩子
在孤独的岛上
已经流离五十多个春秋

可我属于中国
我是中国的土地
我是中华大家庭的一个孩子
这些年
忍受这寄人篱下的痛苦
我天天在遥望北京
遥望北国

天空星星闪烁
那是我思念母亲
流下晶莹的眼泪
有谁能读懂我这破碎的心

我每天都渴望回到家乡
回到母亲的身旁
在母亲的呵护中
过着幸福的梦想

母亲　也曾被人宰割
那痛苦和悲伤
我感同身受
现在您的强大
吸引着世界的目光

我想母亲和我一样
懂得我这游子的渴望

我要回家
坚信
这一天总会来临

1995 年 7 月 1 日

我为祖国歌唱

我今天醉了
醉得宛如金水河的水
就躺在祖国的心脏
我在自由歌唱
我在聆听
每天在我心上走过的铿锵有力的脚步声
就是祖国发展的回响
这回响多么有力量
它每天化成的
就是天安门广场那五星红旗迎风飘扬
我在红旗下看到了那一个个的笑脸
抑制不住的是他们对工作的担当
对红旗的敬仰
再看看那天安门上毛主席注视的目光
站起来的背后国人当自强
我每天都在渴望
奉献在青春里
醉倒在中国梦的畅想中

2014 年 9 月 5 日

致异国他乡的朋友

我的异国他乡的朋友，
我不知该怎样感谢你们。
你们的赈灾义演，
那些倾注你们身心的救灾物资，
让我感动、泪流满面。
你们那无比善良的心灵，
被中国肆虐的大水震颤着，
把同胞情融于心中。
血浓于水。
就是这船让世人吃惊，
如今，我才懂得，
在一场大灾大难中，
那血通脉连的骨肉之情。
恨不得，我穿过电视屏幕，
跑到你们面前，
道出我无法表达的心情。
我的异国他乡的朋友，
力的合成就像大山，
能把洪水驱走。
水涨山高，
筑起坚强无比的长城。

五千年的鲜血，
在淮河的血管里沸腾。
从大禹的行踪中走来，
从四面八方走来，
十几亿颗心，
凝缩成一支雄壮豪放的歌曲，
响彻江淮大地，
响彻茫茫宇宙。

我的异国他乡的朋友，
我不知该怎样感谢你们。
我一如祖辈一如故土。
你们的身后，
时时刻刻，
靠着高耸的山背，
刻着我深深的祝福。

1991 年大水之际

汶川　全国会托起你美好的明天

汶川
地震让你闻名世界
也让你痛苦不堪
可你并不孤单
因为你是中国的一块土地
是中国人那血脉相依的情感

你看
和你一样有过悲惨命运的唐山
当时　西方有人说它
百万大城市将在地球上被抹掉
三十年
只是人类的一瞬间
唐山没有消失
重新崛起的新城比过去更壮观
因为它和你一样地幸运
你们都是中国的地盘

汶川　我想告诉你
你不孤单
你背后是全体中国人对你的关爱和支援

你看到了吧
几万人
几十万人
几天就把你从废墟中清理出来
让人获救
让你重现

唐山
把爱心奉献
那捐款的场面让人感叹
张祥青　一个地震孤儿
捐款一亿元
它　一个感恩之城
释放的爱的力量
该有多豪迈

全国四面八方
和唐山一样
要把你救援
在广州一个不能站立的残疾乞讨者曾两度捐款
在南京一个捡垃圾的拾荒大妈
把一毛两毛的零钱换成大票两次捐款
这感动的场面
总让我们心灵震撼
汶川　全国聚集的力量会高过天灾

汶川大地震

不会把中国压垮
中国能再造一个新唐山
更能让你重生再现
四川　天府之国
美得迷人
一场地震不会摧毁
你们灵秀的天分

我在期待
看到你新的风姿
我想　涅槃后
你会更灿烂

我是一朵无名花

我是草原上一朵无名的花
任凭风吹浪打
依然悄然开放
一年四季年年如此

我从不怕别人的诋毁
甚至破坏
我知道这很正常
无事时淹没多少君子
有事时暴露几多小人
我可能一辈子被误解
我也无法去辩解什么
我仍会坚强地成长成熟
勇往直前

我从未改变过自己
无论在雪域高原
还是在内地
我用心
做好每一件事情

充实而又快乐
在人生的每一个驿站
总有一些无法回避的借口
我都会坦然面对
我的人生价值
就在于我的默默奉献任劳任怨
点燃自己心中最亮的那盏灯

2016 年 9 月 12 日

古寺钟声

（哲理诗 29 首）

生活沉思

在许诺了一辈子后
才知诺言原本是
你身上的一块伤疤
只有正午的钟声准时敲响
只有黄昏的小站准时到达
你抱着我推着风车
我拉着你走向天涯
我们生存的空间
本是一个顶在头上的十字架
永恒的是那交点
在我们的体内穿插

难在人世间

时间　把我们
割成不同的残月
让思念在那个晕圈里
打旋　禅意
谁也无法说破
那份忧郁和茫然
沧桑的人世
就是多个遗憾串起的佛珠
让一切在无奈中
成禅
升华　跌落　往复
让其偶然
不知　别人的感叹
只知　难在人世间

一池春水

山水清音
月满中天
那苦苦的心
在织就一条长长的线
把天与地山与水相连
把人世间所有的寂寞
诉完
该绿的绿
该散的散
何许　坚守几多的茫然
把一池春水
搅乱

1993 年 12 月 17 日夜

点评：有时，生命中需要你去固守一份最初和最美的期愿，能有一个值得坚守的人或事，生命便不再茫然！

漆黑的夜

在漆黑的夜里
谁最苦
是被云遮住的月亮吗
无月的夜是寂寞沉睡的狱
皎月之夜
便是世间最美的诗

窗

窗　藏着深深的情缘
打开　造就一个世界
关闭　封锁一片真情
美在窗的内外徘徊
寻找自己的归宿

望月

月　倚栏而望
泪珠如线
是圆满的人生
还是残缺的梦幻

上帝

上帝　创造着世界
却忘记了自己
被人家捧上九天
人间烟火
再也不属于自己

黑夜与白天

黑夜里开放的花
白天　被没有过夜的人
摘走
花哭了　为夜悲伤
白天笑了　为夜深邃

古寺钟声

千年爱情的绝唱
经历了多少人间悲剧
钟声依旧准时敲响
唤作沧桑的
只是那只古钟和殿堂

门

门　树立于每个人的面前
假爱的人　看门
是上闩的
退而悲之
真心的人　看门
是虚掩的
一推而进

小舟

行进于风和浪
才如此壮美
得助于帆和桨
才如此平稳

中间

地狱的苦
高处的寒
爱在天地间

远方的梦
逝去的淡
福在今天

絮语

捧一捧　那轻轻的絮语
才知铅般沉重
桥头　那双影
在水中映照
霞似灿烂

一个熟透的巢
随语而降生
满足　感伤
淌进瓣瓣的花
絮语如叶
果实如命

一支歌

一支歌
总是唱着曲折婉转的调
我们面对沉默
两眼含泪
氛围如毯
我们熟睡　或者倾听
音符　从脚到头
节节开放
在歌的尾部
落花

1993 年 5 月 9 日

缘

一个小小的空间
独自弹唱
歌声　随风而去
在静寂中
有人　牵走长长的思念
破译歌符的秘密

幸福是什么

小草说
是我自由自在地生长着
坚韧不拔为大地奉献一片绿荫

小溪说
是我无拘无束地流淌着
生生不息为大海增添一朵浪花

大海说
是我永不停止的激情澎湃在平静的水面
有我包容百川的炫彩

我说
是我无怨无悔的奉献
默默无闻的背后我那无法形容的家国情怀

2016 年 7 月某日凌晨 5 点

昨天今天和明天

昨天
我们总是彷徨，迷茫
甚至找不到前进的方向
还有淡淡的忧伤

今天
我们总是拼搏，坚强
征服着一个个的艰难险阻
让自己百炼成钢

明天
我们坚信会有黎明，日出
还有灿烂的阳光
绘就人生的山高水长

2016 年 7 月 5 日

往往美的东西

在你不经意的一瞬间就会消失
往往
你遇到美丽的圣物
可你竟然不知不觉

人的感叹就是这样
一生追寻的真善美
往往在悄然地失去

归宿

生活就是平平淡淡走完一段路
在得与失中
发现美
欣赏美
寻找自己的归宿

青春

青春
是那轮朝阳
激情燃烧
点亮你的梦想
愿你
从你出发的地方
找准你的方向
踏着前行的星光
创造你的辉煌

脚步

你寻找的必然
在这个垛口
招展
创造　心的完美
望望　未来的路
验你脚步的深浅

1996 年 7 月 13 日

似乎

似乎鸟儿不能歌唱
似乎大地没有了阳光
似乎生活没有了生机
似乎生命快要死亡

有谁知道
这是在沉默中寻求突围
这是在绝望中找到机遇
这是在无语中聚集力量

没有一个人一生如平地一般
没有起伏
没有一个人一生如水面一样
没有跌宕

我的理想在心底迸发
我的青春在头顶歌唱
生活就是这样
受一次挫折
就增一份成熟的担当

1996 年 7 月 13 日晨 5 点

如果

如果小溪
没有潺潺的流水
那他只是一条干巴巴的沟渠
如果高山
没有翠绿
那他就没有勃勃生机
如果男女
没有情感
那他只是空壳一躯
如果朋友
没有真诚
那他说明一个人品行的高低
可世界远非如此
到处都是你我无法预测的荆棘

是谁

是谁把这衣服
撕得七零八落
是谁把这道路
修得曲曲折折
是谁把这心情
弄得七上八下
是谁把这信念
拆得翅膀断裂

这是爱的过失
是离是合是出力不够
还是出力过多
很难很难　为爱
寻找一个圆满的院落

1996 年 7 月 10 日

太阳和月亮

太阳　月亮
散开的玫瑰和雪花
在大地的深处
高飞的翅膀
装饰着璀璨的天空

人的肩膀　手臂
盛开的心情和希望
在世界的肌体里
铺满芳香
把灵魂造就

风儿吹拂着千年的琴音
万里的涛声
一切在其中
得以净化和生长

美在高处端坐
说　这是一切的梦想
万物的归宿

月亮

是藏起的一个圆
让它变得时缺时圆
给疑问不留遗憾

是挂在天空的一块布帘
剪成各种形状
为这平静的银河投下梦幻

是凿在夜空的一个洞口
把一切不能表白的东西放进洞中
让人浮想联翩

是存在珍奇的一座宫殿
取来宫中的财富
建造美好家园

是与你面对面端坐的一盏酒杯
谁把事情做得完美
它就让谁美酒相伴

在夜的深处

这夜是一个山国
那是情感存放的乐土
看星星以光的闪烁
闪出五彩缤纷的梦
这夜便美起来
月圆圆地走向中天
听风叩响的门铃
不知道谁在撩拨这夜的宁静
把柔情载向高空
皎洁的月光
把树林映照
挥洒着无数青春的梦

真诚是唯一的财富

在这个多风多雨的季节
我学会了孤独
我在沉默中寻求解脱

我不想说
我的苦楚
还有我难以言表的忧伤
可我心灵的灯塔依然在远方
心灵依然在歌唱
我会让这夜爆发光芒
让这寂静把旋律踏响

我有我做不完的梦
伴我一起生长
真诚是我唯一的财富
与梦想一起
伴我飞翔

又是黄昏

又到了黄昏
一个人独自在斗室里
创造着人世间所有的寂寞和忧伤

窗外　夜静静的
心灵在这暗暗的静谧中寻找
那点点滴滴的光亮

没有比这更漆黑的夜了
有谁能在这样的情景里
给自己疗伤
点燃自己的篝火
把爱与恨一起烧掉
在心灵的高空净化自己

在夜的深处
雨在不停地下
突然间
一切都被滋润起来
绿了一层又一层

这人世间所有的寂寞和忧伤
就在这夜里这雨中
崭新起来
重塑一个新的世界

与你同行

（生活诗 24 首）

春的使者

冰融醒的世界
虫蠕动了
花嫩黄了
冬是寒酸的，但嚼久了却很香
夏是短暂的，沉思才知来日方长
秋是潇凉的，却透出沉甸甸的收获
然而，这一切只因有了春的使者
不见吗，有了春才有了骚动的季节
不见吗，有了春才有了生命的绿色
不见吗，有了春才有了爱的原野
雨甜丝丝的
天软绵绵的
情真切切的
弹奏着朝阳般的交响乐
拨开游牧的神怡
犁耕的兴奋
悄悄地——
走进农舍
走进山林
走进草原

走进城市
待把娇妹的脸羞红后
赶忙再悄悄地溜掉

1990 年 2 月 14 日

秋天

到了秋天
一切都已无法挽回
不必为我悲伤
青春虽像树叶落下来
爱情却像果实挂上枝头
面对秋天
有很多事情需要说给别人
比如下了一场雨　刮了一阵风
做了一个梦　看到了一弯彩虹
说给别人就是也不让别人悲伤

秋天是美丽的
在秋天　我们的脚步
就是走进去再走出来
而母亲所注目的是沿着秋天
累累结实的地方
让儿女们安详地走去

1991 年 5 月 1 日

她如花开在我的生命里

——写给母亲之一

夜　溢满花的清香
是她把月光搓成线
牵到我的小窗
古朴的月　谱着深情的乐章
把她贤惠的心儿照亮
庄稼地就是她的战场
不分昼夜地奔忙
为父亲衰老的面庞
为母亲病弱的身躯
我有一个安谧的心绪
她总是笑着　不言不语
我那激动奋取的心
让她的眸摄取
她有多少期盼多少祝愿
都系在我这小小的空间
在这成熟的秋天
在这精彩的外面
她总是无愁无怨
家乡的美　就在于她对故土的
无限眷恋……

她是我一生的源啊
如鲜花
开在我生命的每个驿站

1991 年 2 月

渔火

——写给母亲之二

这几朵　江枫似的
渔火
是你从天际抛给我的
人世间最动人的脸庞
就是泪光追着泪光
是心碰的响声
流去的凝望
渔火　这小小的光
把我的周身照得彻亮
灵魂　刻骨铭记
最真纯的星光

与你同行

——写给母亲之三

你扶着我
走上那高高的山路
狂风野草
是上苍捧给我的美酒
醉倒于你的怀中
倾听　我快乐
而又感激的
心跳

1991 年 2 月 22 日

有些话不能说

——写给母亲之四

有些话不能说
特别在雨里
你给我打伞的时候
那一瞬间　疼疼的
说不出的感觉
动人而模糊
湿过　你的衣
暖干　我的心
打伞的姿势
刻于　漫漫的路途
握出低低私语
门扉　启开的心
接伞下的世界
四通八达
趣事　在雨中流传
别人　说你的美丽
我的幸福

1992 年 5 月 1 日

月夜听箫

——写给母亲之五

月夜独奏　箫声抵达今宵
用月光点燃银色蜡烛
这雪就下起来
这雪是对梅的思念
你听到了这银色的烛光吗
你听到了这烛光下的箫声吗
这烛光已不很年轻
这箫声里有我不尽的怨恨
雪花在夜的深处开着
我在夜的深处坐着
连风声也是银光色的了
我独坐月夜听箫
箫声里响起连绵不绝的凉爽日子
感谢月亮女神
感谢您给了我终身依恋的银色烛光
和那些黄金般的宽厚与爱

写给爱人

你把一颗老玉米
递给我
我的爱人　你为什么流下细细的
眼泪　窗外的大雪
已覆盖满屋的心事
我站在屋里
拥抱着你
看你冰清玉洁的身体
爱的歌声
响彻四壁

想你摘玉米的姿势
把毛巾挽在颈中
有玉米叶子医治伤痛
劳动工具简单且久长
吻你湿润善良的手
如在地头回望收获
别忘了　那一夜
你最温柔的时刻
我像一支民族乐器

被你吹响

冬天　漫长的日子
风和日丽
你躺在我的怀里
倾听我的心跳
我被你抱得很紧很紧
成为你手中的一株玉米

孩子　都已像玉米一样
在你怀里生长
他们的生长虽然艰难
你的血汗在浇灌着他们

我的爱人　坐在家中
饭菜　孩子们已经做好
我们围坐在一起
吃着　看你慈祥安谧的
面庞　我的爱人
你为什么流下细细的
眼泪

2月2日你的生日

——写给黄莉

2月2日
你的生日
这是你来到这个世界的标志
你从呱呱坠地
到长大成人
你一直在努力
创造你的人生传奇
你平淡无奇
却有着一种精神
一种不屈
你有了家庭
有了孩子
你承担责任
在天天努力
我愿你过得更好
更有意义
你的生日
真为你高兴
为你祝福
祝你天天如过生日

享受激情

享受生活

我会从此与你相伴

让你更充实更快乐更美丽

在此我喃喃自语

你我有缘一定珍惜

我默默守护在你未来的日子

二月二日

你的生日
我的宝贝
在二月的第二个日子
是你第三十五个生日
我祈祷
你的每一个生日
都是你一年快乐的开始

你我的相识相知
是五百年的情缘
是天地间生命的传奇

我会让你过着阳光灿烂的日子
从今天开始
天天如此
让你一生幸福
让我一生无悔

心雨

望不见的山水
却是长长的路
我在这方思念爱妻

割不断的目光
却是漫长的旅途
妻在远处听着我的倾诉

我说一日如三秋
真让人着急
你说一日如十年
更让人煎熬

漫天寒冷的季节
我在这里一拍
你的霜雪
就落了
夏季　你伸出的双臂
就是一把伞
为我遮风挡雨

远离　是你我情感更深更长的展示
流线越长
会画出爱越圆满的结局

风

秋水　洗衣的妻子
双手　洗去家园的苦酸
勤劳　那风吹的浪
让妻　在水面绽放

妻　爱的天使
在风和日丽的日子
让我帮她晒衣
听妻唠叨我们的过去
风　吹散妻的衣襟
吹白妻的秀发
吹去妻的汗滴

草舍　妻抱我
泪眼感动
福　比宫殿辉煌

想想　妻嫁我
从没得到什么
草舍里只有妻的叮咛

伴我　一首首诗作
随草的洒落而纷落
笑声　伴我读妻听的情景
风　随四季吹送
草舍破旧春色常青

1992 年 7 月 2 日

愿女如花健康成长

——写在马令怡十二岁生日

今天是个特殊的日子
是我宝贝闺女的十二岁生日
十二岁
一个年轮
一个属于你的本命年
今年
你上初中
开始你人生的一个新征程

我的孩子
阿爸知道
你有孝心
从你懂事起
你就在默默地想为家做点什么
你思维如丝
盼望家庭和睦
家里每个人都能幸福开心
阿爸总是记在心里
感谢女儿

你的成长也让我欣慰
这是妈妈的奉献
也是你呈现的美
你在关心每一个人
盼望社会更和谐
人人更美

还有你　我的孩子
在每一个年轮
都有你难得的进步
这都让我激动
让我兴奋
你参加全国英语 ABC
你临场发挥不太好
得了三等奖
爸爸也为你开心
还有　你参加演讲
虽有紧张
但姿态很美
得了奖
爸爸都记在心里
为你骄傲

你未来的路
还很长
妈妈为你很辛苦

爸爸盼你有出息
你还要经过大风大浪
经过挫折
你才能更坚强
你是爸爸妈妈心中最美的花朵
属于咱们小家庭
也属于祖国
真心祝你健康成长
快乐成才
写就你人生的精彩乐章

我的宝贝
你永远最美
美在爸爸妈妈的生命里
美在你的旅途中

爸爸妈妈
就是你身边那棵树
永远为你遮风挡雨
为你守护绿阴

2017 年 8 月 14 日

雪缘

雪花　飘飘洒洒
落下一个冬天
站在雪中
看风　听琴
那雪旋转的音韵
一种感受
在雪中升腾
随脚步拍响
冬　雪的衣襟
舍不了草舍的灯光
情人的归程
静静　而又怡人
泛开一个春天

1993 年 9 月 29 日

点评：他们说，冬是苍白的，只有有心人才能体味到冬天情和雪的韵！

我的房间

这是一片充满音乐的空间
在一些单调的日子
我总是在期待远方的声音
登上我的房门
每一支曲子飘然到来
阳光如注

我的房间
拥有蝴蝶和飞鸽
一生　我紧随其后
拥有天之外的一个人

我的房间
是一首最美的情诗
我沉醉于诗的意境里
咀嚼满天纷落的碧叶

我的房间
是时间的无际
空间的无际

恬静
每天总有一种等待的姿势
无论在什么季节
总是一种激动的恒温

我已满足于这片小小的空间
这是我一生的寄托
是我用一声一声深沉悠扬的
乐音　谱写的
诗集

1990 年 2 月 21 日

好人

你是一个好人
是人间最美的那朵无名的花
你从不争春
也不斗艳
总是用自己的方式悄然开放
为大地增添一抹绿荫
你就是你
从不改变自己
宁可受委屈
偷偷哭泣
可你依然那么美
美在天地间
美在人心里
一生一世

2017 年 5 月 8 日

生日

是每个人一生的重要节点
承载着你的理想和梦幻
从你懂事起
每一年你的生日
多少人给你祝愿
是你自己的打拼
还有付出
换来你的成长和成熟
今天又是你的生日
是你一个新起点
看看过去
想想未来
你才走得更长远
多年后
你老了再看看生日
以及你的每一天
回味人生有很多的无奈遗憾
但更多的是你的幸福感
和你的价值体现
我真心祝愿
你无怨无悔过好每一天

2016 年 7 月 5 日

汪国真老师走了

汪国真老师走了
走得匆忙而淡然
我想他不会有遗憾
因为他用诗人的坚守
给了我们诗的春天
生生不息
品味悠远

还有　他作为一个诗人
在守护着一个民族文化的素斋
甘于清贫　又充实而平淡

还有　他走了
给我留下遗憾
身体是本钱
一切应源于自然
归于自然
再劳累付出
也不能恶性循环
握住生命
才能让鲜花更灿烂

2015 年 5 月 17 日

我拼命钻进雾霾里工作

我从南国广州飞向北国的北京
广州空气依然清新
而此时的北京却是雾霾重重

本该降落了
这万恶的天气
通报说因冰雾
飞机转向太原

飞在空中
看着窗外机身底下轮廓隐约清晰的山顶
让我无奈
真使人在空中无法掌控
命运有时让你真无奈

终于降下来
心中石头落地
太原　我无意中看了一眼
稍微有些雾　空气还行

南航　我坐过多次你的客机

这次让我无奈又陌生
从凌晨十二点三十四分到上午十一点
无人告诉你怎么安排
怎么回北京
再问　就一句话　等通知
服务如此　我又奈何
确实命运偶尔也会被别人撞一下腰
别人主导着自己
服了这南航这天气

面对这无可知晓的前程
我只好改变我自己
坐高铁回北京
下午三点
到了遍地雾霾的京城
别人说周末了
你怎么不去外地躲躲
我说工作在等我
我拼命回北京
就为了钻进这雾霾里工作

2015年12月26日下午3点20分

我在这夜里

终于看到了黎明的曙光
无论黑夜多么漫长
我心中依然充满希望
人生本如此
何必太感叹　太彷徨
只要心在梦就在
所有困难都让我更学会迎刃而解
所有挫折都让我更加成熟热烈
我就是那走过四季的花
体验了春的蓬勃
夏的成长
秋的果实
冬的淡然
一切都在努力实现
一切又顺其自然地生与灭

2016 年 6 月 15 日

大连是美丽的

大连是美丽的
那海水蕴含着多少故事
浪漫　感动
让人流泪
大连是激情澎湃的
让你心旷神怡
大海的胸襟
展现人的灵魂
我去过多次
那是大连
也是创业的地方
点燃梦想
让心飞翔
与海鸥一样

多轮是美丽的

多轮
是美丽的
就是夜幕下的玫瑰谷
有点冷色却又芳香四溢
它是浪漫的
就如在高原深处
那谈情说爱的男人无法表达的爱慕

我曾经去过
就躺在它的怀抱里
静静地享受那如美女般迷人的韵律

新媒体同事

我的新媒体同事
你在哪里
在我天天的快乐里
因为我爱你
我的新媒体同事
你在哪里
在我们一起奔跑在新媒体的蓝海里
你我配合默契
工作出色
我们才顶天立地
也创造出亮丽的人生价值
我的新媒体同事
你在哪里
在我们一起荡漾在真情的心海里
不用解释
永远如初见你
团结出形象出效益
塑造出你我无悔的人生友谊

六月二十三日

这心境
没有人知道
不公平的偶遇
让我难以平静
这刺破的心脏
付出越多
心境就越衰败哀伤
殷殷流血的伤口
谁能把这天空补救

一个混蛋
闯入我的心灵
上帝也如此混沌
不把这无人性的东西打入监牢
做一个好人
真难

可我就这样
坚守这片纯净的土地
永远不会背叛
我是一个坚强的战士

为我的城堡而战斗
把一切的丑恶扫荡入地
把一切的虚伪顶上云天
这心灵的星光
不卑不亢
永远在路上

天边有座岛

（爱情诗 115 首）

读信

轻轻地拆开
那片寄回的渴望
夜深人静的时候
悄悄溜进我的视野
如诗　如梦　如歌
带来迷恋而又葱绿的希望
信念的种子
寄给了春天的土壤
岩浆般的激情
温情的遐思
贴给了秋的丰稔
粉红粉红的花瓣
晴朗多星的夜空
思念的信笺
蒂落了成熟的爱

1989 年 9 月 23 日

满月

那庄严的一眸
却无瑕地美丽
堪回首
飘满情悠悠思悠悠
你给了我一份记忆
如同那山冈上的满月
充满清香和回味

1990 年 2 月 14 日

深秋

不可逆转的岁月
明明知道已跋涉千里
落叶纷纷
却仿佛置身于芳草初嫩
连绵的春雨
匆匆的夏季
这个时刻悄然来到
你我都有点措手不及
年轻敏感的心
都知道那不可言喻的
深秋的色彩毕竟是迷人的
无法停止我笔尖的思绪
在深秋里摄取那个镜头

1990 年 2 月 14 日

那片枫叶

带着深沉的微笑
送给你一片枫叶
如血似火

夹在你的诗集里
圆你圆不了的梦
贴在你的胸前
抚慰你受伤的心灵
高举在你的肩头
伴你艰辛的旅行
那片枫叶
是我用灵与肉做成的
虽然我丧失了自己的躯体
心却无限欣慰

1990 年 9 月 13 日

有爱才有心伤

有爱才有心伤
可我渴望这样
为你让我心伤
喜欢你朴素的模样
村里的女孩
是我心里的小芳
我的心动
随你流浪

我愿陪你去闯荡
寻找人生的方向
聆听你的心跳
分享你的阳光
还有替你心伤

记住　我的白天与黑夜
为你不设防
我会用我的心灵鸡汤
为你疗伤
为你担当
抚慰你娇小的梦想

美　在你身上
让它白天灿烂
夜晚安详

2015 年 1 月 18 日

星光

水一抹
你的心就绿了
踏着星光运行
我知道你在远方
等待我的出现
我相信
在你一生的某个驿站
我会出现
陪伴你
走过以后的路
让你和星光一样灿烂

你是我祈祷了
几千年遇到的那缕星光
你给我光亮
让我沿着你的道路前行
我愿意化作一棵小草
守护在你身旁
为你增加一点绿色
我愿化作一缕凉风
给你消解夏天的炎热

我愿化作枝头的果实
给你带去秋天的收获
我还愿意化作那漫天雪花
给你一份惬意一份纯洁
我的一切都为了你
让你更加冰清玉洁

和你在一起
那是真情飞扬
人之本
情之长
缠绵到地老天荒
我在你的怀里
你在我的心上
我是你的星光
你为我点亮
你我搀扶着去远方
我想　我真想
此生如此　来生继续
谁也无法阻挡
这人间绝唱

2012 年 11 月 14 日下午 5 点

选择

最是你那含笑的娇羞
才有我的今日的煎熬
不胜远方的挥手
怎能抚平我心里的伤痛

如果一生再有一次选择
哪怕只容我瞬间地重现即逝
我也至诚地祈求
在你的手上
在你的眼里
在你心底那间小小的闺房
生命不会重来
你怎样能够选择过去

1995 年 1 月 10 日晚

顺其自然

爱与商品有关
却又绝不是商品
雨落下来
再贱的东西也有人问
可情缘
难以让人测算

穿上朴素的衣衫
比拥有黄金更珍贵
竹篮　拨动电话
听村口那车的声音
都与商品有关
那颗心却又绝不是商品

崇尚自然
轻吗
那人的情缘
亲吗
那繁华的市场
顺其自然的

又由得谁

1993年9月20日

点评：爱与商品，只有诗人才把它们联系在一起！如果有一种爱，因为距离的遥远而不能相见，因为无法诉说的理由而无法相传，而永存于彼此心间，那么这样的爱是与商品绝不相连的。

爱的责任

不知是谁
悄然　把我劫向哪里
你的质丽
能为我保持多久
那莹莹的话
就是你切切的心
有时　无法摆脱自己
也无法说服别人
谁不负责任
把我引入那月下
茫然之地

1989 年 4 月 1 日

点评：这种责任不是应该，而是希望；更不是要求，而是一种自愿。

想起结婚

想起结婚
它像秋天的一片绿叶
被水带走
开始漂游的生活

想起　一位红衣少女的笑
和诱人的双唇
和月光一起
被我的心集尽

想起那薄薄的帷
给生活弥漫的美
一个就要成为我妻子的
女孩的娇羞
和我的兴奋

想起　厚厚的墙
连风也钻不进
那满园的玫瑰
又是多么地醉人

想起　多年后衰老的面容
和年轻的心
和一个恰似童话的故事
一个孩子　一个女人和一个男人

1993 年 9 月 10 日

点评：关键还在于想起宁可失去一份自由，而情愿去担负一份责任和牵挂！

以后

我们会有一个平静的家园
不是花园却又充满阳光
你的爱会在阳光里生长
生机勃勃
我会看着这些而爽朗的笑
这花与你一样美丽
这果与你一样沉实
花草都根缀于家园的四周
为我们的幸福而守卫
那时　散散步　听听孩子的声音
我们相互搀扶着
共享夕阳无限好的黄昏
佛说　人生可轮回
我想　轮回十次
生活也是你我今生的缘深

1993 年 9 月 20 日

点评：我能想到最浪漫的事就是：能和你一起慢慢变老，直到我们哪也去不了，你还依然，你还依然把我当成手心里的宝。

星星和月亮

你是一轮娇月含着深情
我是一颗星宿闪着光亮
你的柔情滋润我的能量
我的能量散发你的情缘
你在白天积蓄深情
我在白天聚集光热
在夜里
你为人间照出圆合
我为生活频送温暖
你我都怀着同样的心愿
隐就一块隐　现就一块现
其实　白天　我们也是相知相伴
那情景　只不过没有人看见
永远　我们都是这样
付出自我的牺牲
也享受着情爱的美感
不躲也不闪
那夜夜的思念

1993 年 9 月 20 日

点评：星有月作伴，不管天有荒地有老，年青的你我，也一定有人与我们相伴，无论天涯，无论海角，无论月的阴晴圆缺。

我是一滴露水

由于一场连绵的细雨
我不小心落进你的花心
还未来得及退出
你已用你温暖的心
把我融化
还未来得及品尝痛苦
你已把我封进你的果实

我沉默不语
但我不是无动于衷的
我在为你尽我的
微薄之力

点评：花一定感受到了你的感受，她一定知道你整个的心！

爱成熟了

瞧　我的恋人
白雪已被太阳融化
光芒四射
地上已泛出片片绿色
你还犹豫什么
我们的爱成熟了
快收割吧

1991 年 8 月 21 日

点评：别急，还需要等待一个长长的夏季，秋日的果实才会更丰硕更甜美！

永恒的创伤

在你的脸上
刻下皱纹
我却不知道你的哀怨
在你的手上
拿着蔷薇
我却不知道你的情肠
在你的心上
烫着永恒的创伤
我却不知道你那沉沉的渴望
原来　这都是为了我呀
我为什么这般
枯瘦悲伤

点评：有时藏在彼此心中的愿望是需要及时地说出的，否则你会失去整个世界。

思念

那微微抖动的窗帷
是你在偷偷窥看我吗
要不　为什么窗帷频频掀开
你快进屋来吧
虽然现在是春季
我们相见的焦渴
却已把我折磨得
秋叶般憔悴

夜里你若听见风

夜里你若听见风
你不要担心
安详地睡吧
那是我爱你的心
守护着你又不惊扰你的梦

我可不是无家可归的游子
我只信奉　既然爱你
那窗内的你　窗外的我
就是一个家
你活着越美好
我活着就越快乐

爱是净土是花蕊

夜间的雨
潜入灵魂的深处
睡前曾是彼此的陌生
醒来却是相偎的亲情
我感到你的美丽了
是在这最黑的夜
我所钟情的人
这最黑的夜是最富贵的享有
爱就是这片小小的净土

夏日　是花的季节
遥遥地开在我心际
任凭白天黑夜轮番地催促
我的心也永远不会老去
这世界虽不是我幼时的梦
却是我快乐的花枝
花开花隐　那硕大的花枝
覆盖的范围
我体验着爱的珍贵
爱就是这朵小小的花蕊

1993 年 5 月 17 日

心声

无数个花香的日子
和你一起吮吸露滴
到了冬天
打开箱子
贮满了一箱的
蜂蜜

酒杯

那圆满的韵
是爱充分的旋律
举杯相碰
爱就成为一座不朽的
丰碑
倒杯如钟
敲响警惕的
心悸

相思的云

天边
微微的风
吹动
这薄薄的帷
屋中
飘进一朵相思的云
瘦月渐满
屋顶　落下
一串晶莹的泪

月夜

质丽而朦胧的月夜
这无比的魅力倾倒多少情人
醉于其中而又不能入睡
溪流　青山　杨柳
把情人牵入圆圆的怀中
这一夜的永恒
恰在　澎湃的一生
嫦娥　便跟她说爱的男子
走了
月宫　撒落串串的花儿
为情人祈祷

1993 年 5 月 18 日夜

致伊

也许　离别是永远的伤痕
你收不到我的信件
也听不到我的音讯
我的丽人　你睡吧
在梦中我会走近你
我会跑出我的荒野
为你守护
你睡得越美好
我也越感欣慰
看风把地上吹得七零八落
我的荒草也被别人刀割
我的心儿却在歌唱呵
在我所有的诗章里
我撑着小船
小船上载着熟睡的你
在西湖里漫游
悄悄　看你露出甜甜的笑靥
我就放下长篙悄然离去

你睡吧　我不会惊扰你

当你醒来　启明星的消失
那就是我隐于你的身后
做你白日的守护

我的躯体凋零憔悴
可我的心一直为你盛开不败
当你年迈的时候
你手中的桑榆花
就是我赤炽的心底

你不会知道　我也不会惊扰你
让我的一切
都珍藏在我的灵魂里
日日夜夜
时时刻刻
分分秒秒
陪伴着你

1992 年 6 月 8 日

天边有座岛

天边有座岛
陪我游向岛的相思的种子
在水底发芽
岛　孕育的桂树
向朗朗的中天托举
柔柔的劲　万重山压不垮的
堤　沿着我长长的线
铺开
等人　与我同行　路途
占我百年的
倾心
天边有一座岛
折桂仙游
我不知道
那才美好
散乱的绪
损了我的爱
跟源远离
愁　滋长的荆棘
刺破　心的完整

……

牢笼　恢复的自由

沉默　作针

迎面而上

情绪　条条理理

无花果

你的花期已过
可你　曾被我爱过
无论你多么伤感
多么给人以幽怨
我都在爱着你
同你的花期
和我的赤诚
一起在岁月摇曳
这日子　风轻云淡
失去青春的容颜
不是你和上天的过错
而是自然的更换
没有发现吗
你的心就是一朵花
比你的容颜更久更娇艳
花香　永远泛开于我的心间
记着　我的衰老
就是伴你的惊叹

1992 年 9 月 22 日

爱的记忆

最黑的夜里
悄然开放的一朵玫瑰花
颤颤悠悠
落在怀里
把我整个美化

1991 年 11 月 5 日

爱

从一个山丘走向一个山顶
把丑恶和虚伪的东西
囚进坟墓
做一个复活的人
在山顶再给自己
建造一座青春的宫殿

爱情

把满屋的光亮磨灭
关上门
自己躲在屋里
从窗口向外窥探
等待一个人的到来
把自己照亮

一方魔针

温柔的少女
你知道吗
我的心负载已够沉重
你的吻是一方魔针呀
使我倒在你怀里
再也不能复活

1991 年 8 月 5 日

玻璃瓶

玻璃瓶
在你的手中
你打开瓶盖
我钻了进去
你封上口
放在心房
我再也没有出来

爱情

将自己锁在屋里
把心贴近门板
等待一个人来开锁
把自己放出来
抑或那个人走进去

船

一只桨摇着我的心
碰碎我的影儿
捕到鱼儿的
是月下老人

左手一下右手一下
是两个摇桨的人
那只灵巧的船儿
行进在金光的早晨

爱

（一）

一个精彩的句子
分散开的一个字
就是一个生动的标点

（二）

眼睛和衣裳
被一个人剪裁
两个人享用

（三）

一封长信还没有写完
你悄然来到我眼前
一个吻
让我甜到心间

（四）

是你遗落在我枕边的一块
红手帕
使我躺得舒坦

美梦缠绵

（五）

是你伸给我的一只手
把我牵进一条石洞
这条石洞
通向“桃花源”

当你坐在天庭之上

让你的翅膀
把我的心掠走
在我殷殷流血的时候
飞向苍穹
当你坐在天庭之上
照着镜子
会看到你红光的脸庞
你可不要微笑呵
有一个人
已经为你死亡

别离的痛苦

我忍着别痛
把我的心房
为你打开

难道　我这破碎的五内
再也无法缝合

我们是两道电波

我们是两道电波
我坐在我的心房中发电
你坐在你的心房中射波
当我的电与你的波结合
你就会坐在我心房里发电
我就会坐在你心房里射波
虽然　我们无法抗拒青春的
衰老和尸体的腐烂
但我们的波光
会使我们地久天长相爱相伴

1991 年 8 月 20 日

把你放在心间

明明知道
你是一颗炸弹
却又小心地
把你放在心间
明明知道
你一爆炸
我就肢体不全
却总是看着时间
怕你爆炸迟延
就这样
我折磨着自己
也拥有着爱的短暂

1991 年 7 月 15 日

情人

你的手　不敢碰
一碰我就会周身脆弱
成为你的俘虏和囚徒
在距你不远的远方
有位永久的精灵
不知在为谁祈祷

爱

一不小心
你把我拉入河中
我挣扎一生
也没有逃出你的陷害
苦我何来
爱

我不知道

我不知道
为什么你让我这样煎熬
让我的心像一只火炉
把我的周身烧焦
难道你已忘记了
那美丽的一瞬和难忘的良宵
甜得似蜜
吻得如醉
虽然你已离我远去
我却注定要把痛苦和思念
偿付给命运
只要你过得欢心
我亦甘愿丧失灵魂

吻

是花蕊中酿出的蜜
一滴一滴
滴进我的心间
在久久的离别之时
心房中长出一颗红豆
甜到嘴边

我离开了你

我离开了你
总又要为你忙个不停
摘一朵花一片叶子
甚至剪纸般把你剪碎
在我的胸前
让一条线
把我的心串起
系在你的手上
你千万不要来
你来后
或许我已经死亡
只愿你能从线上
感受到我的奔忙

快　不要这样

亲爱的　到爱的王国去
那里有金色的山川和灿灿的云朵
你的玫瑰已刻在我的心上
蔷薇已把我缠绕
快去　你无论走到何处
都会看到流泪的事物
在你的胸膛里打旋

在远处的林中
盈盈的叶子低垂
一树春花为你落地
快不要这样
把我像你的心一样
带在身上

在星光灿烂的夜晚

只有一瞬间
我的生死
已系在你心里
我的姑娘
在星光灿烂的夜晚
我的心这般暗淡
战战兢兢
感到不安

夜思

（一）

一缕忧思
从黄昏滴落
夜色茫然
黎明像醉酒的人
浸湿了枕边

（二）

远方像一杯酒
斟满了你的苦泪
你作茧自缚
滴血黄昏
不怨你
怨谁

（三）

你枕着梦入睡
醒来泪湿衣襟
原来　你思念的刀
划破了嘴唇

（四）

日子是你在进门之前
出门之后遗落的一把刀
我无意记取
悄然入眠

一阵剧痛
不知谁这么狠心
把刀插入我的心肺
血飞溅上你的身
我欲哭无泪

相思

我是深谷中的泉
月明高照
映着的光芒
把我燃烧
我忍受不了
逃进大地的怀抱

致那远方的女人之一

话还没有说够
我该如期而归
总想多留一会儿
补充离去的伤痕

嘴唇对着嘴唇
吸进你火热的心
也感到我俩难舍难分
那爱的玫瑰已使我销魂
我实在不忍离去
却又无奈而分

每时每刻都在等待你的音讯
给我这颗煎熬的心以抚慰
不知你现在是否已经冷漠
使这偶然的爱波一闪即现

1991 年 6 月 18 日夜

致那远方的女人之二

陌生的女人
为什么一见到你
我就寝食不宁
心颤抖个不停
夜市里　陌生的女人
我想我是爱上你了
记得不　那在灯下的深谈
你的一言一语
总让我凝视你的明眸
感受到你内心的流程
记得不　我受伤的肌体
是你给我注入了鲜艳的血液
我的陌生的女人
我想我是爱上你了
我这憔悴的面容
难道是天生的模样
比宝石更珍贵的是爱情
比大山更恒久的是真诚
你能接受我的爱吗
我陌生的女人

1991 年 8 月 23 日

爱情

你不要再记起那令人销魂的
日子
爱情在我心里也许永远不会消失
可我不愿
再也不愿打扰你
我宁愿忍受折磨和痛苦
只要你活着和从前一样
我宁愿憔悴得如同干柴
只要你的爱人像我一样爱你

我祈祷
让他们虔诚地与你相依为命
不论将来我怎样贫困
甚至像乞丐一样
我愿是你手中一把吉卜赛提琴
为你弹拨
真情和忧伤

1991 年 8 月 16 日

写给 SL 之一

我总在心底狂烈地爱着你
可我不敢倾诉给你
只能向所有的圣地做祈祷
我只能说　我不想伤害你
你总是洒脱地生活
却不会觉察到我内心的苦涩
不知道　我为了你抛弃了什么
不知道　我曾是多么高贵
可为了你　我又是多么地难以
忍受
姑娘　我是一个谜
你能破译吗
我等着你　永远

写给 SL 之二

你那青春的心是那么圣洁
你那远远的梦是那么高雅
爱如此让我惊心动魄
于是　我祈求上帝
来一个风雪交加的夜晚
我和你在夜里与雪相融
醒来　我们都是一样的心和梦
圣洁而高雅
随着生命升华

1993 年 5 月 16 日夜

写给 SL 之三

谁都没有梦美丽
梦能圆合我的愿望
和讯息
答应我　你占据了我的梦
就和我的梦一样美丽
我的生命会在生活中辉煌
给你无限的力和荣耀
日月会给你一个印记
你与我相依是多么地幸福
和恒久

1993 年 5 月 16 日夜

露珠

露珠在青草上闪光
映着你我相约的身影
一首歌在草地上漫荡
把我的弦琴吹响
亲爱的　听到歌声了吗
记着　我们是世界上最洁的
灵魂
伴在一起
就是世上最美的歌

1992 年 2 月 6 日夜

让你的青春永存

你舍不得你的青春年华
再不愿谢去
那有什么关系
我不会减退你的颜色
只会增添你的魅力
爱我吧　姑娘
我只能让你的青春永存
和皎月一样美妙无比

1992 年 4 月 3 日

我不想明天的事情

聆听
来回天际的我的心跳
每当你温柔地睡着
我的沉重的忧心
陪着你安睡的时间
你在梦中
只会体验到温馨的氛围
不会体验到我五内俱焚的
苦痛
拥有这个短暂的真情
也够了　我不想明天的
事情

向你奉献一首美丽的歌

我不想你成为镜中花
给你一个虚幻的梦
我想你已经是我屋前的树
你是大树　我要在你底下
乘凉避雨
你是小树　我要精心爱护
我是雪地一团火呵
歌唱着你
向你奉献一首美丽的歌

我心碎的秘密

一种艰难的痛苦
如受伤的鸟
扑打的身影
一个残月的梦
如受伤的鸟
哀怜的鸣叫
自己的天空
心中的爱
如飘浮的云
独自膜拜
遥远的橄榄枝
月圆时
谁　能破译我心碎的
秘密

四季歌

三月的小雨
在青青的草地　一朵花
为你开放
你却没有回首

七月的阳光
在花园的树枝上　欲滴
一个晶莹的秘密
你却没有破译

十月的日子
在弯弯的河畔　造就
一轮成熟的月镜
你却感到没有机缘青春已去

腊月的雪
在小小的屋前　飘着
生命的圣洁
你却说这雪是冰封的情结

等你走了

等你走了
我才悄悄地落泪
你知道吗
只有经过你心之滋润
伴着你那枚青果
才能成熟

等你老了
我才悄悄地落泪
你知道吗
我的心是一封澄澈的天空
你是一只自由之鸟
在我期盼里翻飞

1992 年 3 月 15 日

怎么说爱你

你总是说我不爱你
看我在最冷的夜里
为你织就的衣
看我在最饿的日子
为你烧煮的食
看我在最苦的时候
为你酿造的蜜

爱你　我永远也说不清
难道　要我把心
劈开给你　看那
殷红的血
就是为你流的泪滴

1992 年 5 月 18 日

你流向哪里

你是一首优雅的歌词
我可不知道怎样谱曲
你是一条澄洁的小溪
可我不知你流向哪里
是你嫌弃我吗
还是我不能相融于你

生活

生活是一列火车
你我是两条铁轨
平行时　四平八稳
交叉时　摇摇晃晃
车祸缠身

茫然

你嫣尔一笑
激我压抑十年的
情感
缘　在你我心中
系在一起时
匆匆又茫然

爱在夜里

白天是明媚的喧嚣
却没有夜的静谧
爱在夜里
才能酿出最甜的
蜜

奴隶与主人

我是你的奴隶
你是我的主人
你是我的奴隶
我是你的主人
位置的转换
生活才五彩缤纷

音乐

音乐　无处不在
享受到了　你就轻松自在
找不到　你就沉闷徘徊

火

火能升华一种境界
亦能烧焦一份渴望
谁能把握
火苗的大小

一片绿叶

一片绿叶　被水冲走
整个春天褪了颜色
一个小女孩儿好伤心
美　失落了
被不知名的人
珍藏

爱

爱　是夜的天空
天空下的一扇窗子
窗子里一盏油灯
油灯下的一个
等待

花

花在你的手上
从你的心际生长
洒落在你走过的路上
我拾起　我的路
硕果累累

梧桐树

蝉鸣秋梧桐
树下　一对低语的
秘密
梧桐树　生命的阶梯
蝉弹唱的歌
为攀上树顶的
这对男女

我离去了

我离去了
你不要悲伤
虽我不能伴你久远
但这短暂的情分
我的心　会时刻
系在你的身上

凝视

凝视如针
扎在我的心间
于是　我的庄稼
熟透了
被你收割去
我在你的明眸里
生活

过客

我是你门口的乞丐
你却赐给我
生活的富有

我是你门口的过客
你却赐给我
生命的辉煌

房子

那座小小的房子
你我都不知道它究竟
在哪里
你在那座房子里
为我洗涤尘土
我在那座房子里
为你汲取芳香

不断重现的时光

多少的隘口都写下了命运的短暂
不断重现的时光
充满了　一生的高洁
纵然　满鬓白霜
也染不去那初恋的身影
不断重现的时光
你的感受我的情怀成为千年的
卷宗
黄河那奔泻的水
就是我们爱的波涛
流进我短暂的生命

思绪随着蛙鸣泛滥

夜色　绿地
燃起轻柔而洁净的情火
思绪随着蛙鸣
泛滥
等待　成为这一夜的美丽
澎湃我的
一生

给伊

你知道吗
我一直没有离开你
你是一座城堡中的公主
我是你忠诚的卫士
但我怕见到你呵
因为我是胆怯的

你知道吗
我一步也不敢走近你
但又绝没有远离
我总在你的身边徘徊
但我怕见到你呵
因为我是羞涩的

胆怯而又羞涩的我
真的怕
真的怕见到你
我的心海会狂荡不已
剪碎我那圆圆的梦呓
因为我承受不起

1992 年 8 月 13 日

不能靠近的灯火

不能靠近的灯火
却燃烧着我
蓬勃成绵绵的
堤岸
远道而来　泪倾如注
我　这厚厚的熔岩
随灯火而喷发
再也　关不住我
对你的钟情
虽然　你是不能靠近的
灯火

门

门　为你一个人私设
小小的　仅容你一人通过
在我孤独的日子
你就粲然于门
理我纷乱的密码
给我摇落
遍地的美丽和纯洁
门　筑的巢
我们永远的居所

婚感

婚前　爱你
深深的　却又
不知根在哪里

婚后　爱你
淡淡的　却已
懂得那花香的谜底

婚前　迷你
说不清什么　却总在
拥有你的美丽

婚后　迷你
是虚是实　却皆是
幸福的旋律

1993 年 9 月 2 日

给你

无论你走到哪里
我都像阳光一样
裹着你
给你抵御寒冷和侵袭

本来　天空时有阴雨
因为有了你
才如此晴朗洁丽
阳光如注

七月七日

这是一个好日子
在天上
牛郎织女银河相会
一年一次的约会
感动了多少人
在凡尘
情窦初开的故事
无处不在的甜美
让少男少女无法入睡

这个传说
把银河点缀
星星诉说的是人间渴望的完美
真情相爱
不怕间隔的无奈
和煎熬的悲愤

如此
这个日子
让天上人间更美

人间的幸福遐想
正在让牛郎织女聚会
他俩醉了
醉在一起
一万年也不离分

2017 年七夕节

爱在哪里

永远在爱你的人的心底
也许他终身没有告诉你
或者不能在一起
但爱在哪里
如花芬芳
把寂寞化作
彼此美好幸福的时光

2015 年 10 月 19 日

君温柔如水

君温柔如水
一抹我心就绿了
从此生长着一个梦
这夏天热烈的种子
在我心里开花
与你同行

2016 年 6 月 2 日

你是玫瑰

你是玫瑰
香味悠远
你是雪莲
高雅淡然
你是那朵纯洁无瑕的雪花
已经融化在我的心里
与我生命在一起

2016 年 9 月 14 日

你是那朵最美的花

不管风吹浪打严寒酷暑
在你自己的那片土地
悄然盛开
你的美是那如铜镜般的花瓣
还有最让人陶醉的花蕊
这周围都在沐浴你的香味
你那样纯洁无瑕
冰清玉洁

可我知道读懂你的人很少
你外表是普通的
而你内心却无比强大

我是你的守护神
无论白天与黑夜
我都在你的周围
看着你盛开的美
而不打搅你美丽的梦

2016 年 9 月 7 日

你是我这辈子最想见的那个人

你是我心底那朵最美的花
我对你的思念会随着时间生长
等待
在最近的某一天
某一个时刻
我意外见到你
别让这等待
穿越一个世纪
到那时
我真的很老很老了
老得走不动了
我怕
看到的只有那凋谢的花瓣
流去的溪水
和我的眼泪

2016 年 6 月 28 日

你我情感只是昙花一现

见面一瞬间
灵光闪现
叩问内心
你我今生一定有缘

可最终发现
你我情感只是昙花一现
不经风雨的考验
犹如风中雪花
美的纯洁
风一吹
就雪消云散

2016 年 1 月 25 日

让我遇见你

在人生的一个驿站
让我遇见你
本来你我今生无缘
难以相识
可生命如此
在一个驿站
你我偶遇
就如上天刻意的安排
注定相见
躲也躲不过去

我思绪良久
懂了你
我只想
既然有缘千里来聚
那我就应该好好珍惜
不图别的
你会坚持你的路
我会走好我的路
虽然不能相交

但我时刻能感觉到你的呼吸
我愿意分享你的快乐
分担你的忧伤
伴随你的美好时光
有你我的人生会更充实
我的情感会更惬意
我少了很多的寂寞和悲伤
你是我的心灵鸡汤

我们有种天然的默契
没有误会
没有解释
我愿做你身后那个知己
默默与你相伴相依
当你老的时候
你身边的那棵老槐树
就是我一生的守候
我也老了
可槐花依旧香

2016 年 7 月 16 日

夜色那个女孩

夜色那个女孩
给我一种朦胧的美
你是夜的中心
是我的女神

月光在天上
那光映照在你身上
让你更具光彩

在这夜里
在你的周围
我在为你守护
让夜更深邃
让你更美

2016 年 8 月 2 日夜

这夜

有风在吹
温暖如初
我在梦里
依偎在梦的花中
你的出现
我的梦在风里碎了
而你伴随着我的梦生活

2015 年 12 月 11 日

生活就是平平淡淡走完一段路

生活
就是平平淡淡走完一段路
不要刻意追寻什么
也许就在你身边
芳草遍地
就看你怎么去发现
怎么去欣赏

在这夜里深处
我无法入睡
想想你的样子
我就兴奋
你可知道
你我未曾谋面的感叹
你被我收藏的温暖
我想
我会为你失眠
因为你已行走在我情感的自由空间

我的拥抱在冬天

我的拥抱在冬天
会让你很温暖
那雪冰洁玉清
与你一样绽放在我心里
我总是寻觅夏天般的清爽
其实它就在雪的深处
在你我心里

我的拥抱在冬天
在你需要的时候
让你和花儿一起
芳香四溢
在你我的心里

我想你很温暖
因为有我在你身边

你就在远方

你就在远方
我人生的一个路口
也许我难以遇到你
但我苦苦追寻
哪怕路途遥远
只要你还在远方
我就有希望

见不见都一样

见不见
我都一样
你还是在我心里
牵挂　祝福
就像我心里深处
那朵最美的花朵
我真的盼望你
过得健康开心

见与不见都一样
我仍在你的身边
守护着你

你是从不渲染的那朵花

你是从不渲染的那朵花
没有人注意
你却美丽无比
突然有一天
我不经意遇到了你
但愿我能读懂你
懂得你平淡无奇中蕴含的魅力
但愿我也给你激情快乐
彼此搀扶着走过以后的路

你总是那朵花盛开在我心里
在我心灵深处
一直为你
留着那扇窗
是你一生的情感直通车
你随时可以进来
或者出去
我不在意你对我有多好
我在意的是你到底快乐不快乐
幸福不幸福

在这夜里

在这夜里
你是我偶尔遇到的那朵花
是我一生寻找的那份感情
你的出现
就像这夜里闪亮的星光
我愿意
踏着你的光芒远行
和你一起守护
这难得的缘分

守护这份缘分

一个人在外面
流浪　闯荡
你很坚强
你的付出总是很多
你也在静静期待你的收获
我为你祈祷
祝你一生平安快乐
我虽然不能
时时刻刻陪伴你
我会与你一起守护这份缘分
一起创造属于你我的那份美

一辈子懂得欣赏你的人

你是那朵花
总是在不经意的地方
在这夜里盛开
一辈子懂得欣赏你的人
只有几个
而你还总是错过

祝你快乐平安

你的出现如闪电
如流水
激情的感触
在瞬间
如今
你走了
到我情感的天边
也许一辈子
几辈子
再也遇不到你了
可我的祝福一直伴随着你
祝你快乐平安

在我的周围

你就是我身边那个最近最美的风景
只有你来到我的身边
在我的周围
我才会体会到你的真情
还有我对你的点点滴滴的呵护

盛开的玫瑰

你是那深夜
静静盛开的玫瑰
芳香四溢
四周生辉
一辈子
你都这样
独坐高台
与众不同

读懂你的内心

你是那朵花
默默盛开
也是最美的那朵
你的美在内心
在于不善表达的坚强
但愿我的出现
能欣赏你的美丽
读懂你的内心

愿你是那朵玫瑰

愿你是那朵玫瑰
静静地在自己的领地盛开
你有自己的个性
自己的芳香
只要用心交往的人
路过你那里
就能发现你
走近你
懂你的美
享受拥有你的激情和快乐

绽放

夜是美丽的
也充满着犹豫
你在夜的中央
静然绽放
这夜有你而变得美丽
我在这夜的周围
守护你
默默地
一辈子

懂你的那个人

在深夜
静静绽放
无人发现
更无人欣赏
懂你的那个人
在哪里
在天边
在眼前
在你渴望的那个人生驿站
我的祝福
在心底
也许一辈子
你不会见到我
可我就是你寻找的那片海
只有你走进来
才能体会到我的胸襟和真爱

春暖花开

宝贝　推开窗户
外面春暖花开
出来吧
我在你的门口等你
我给你一朵鲜花
放在你的心上
你也会变成我一生
最美的花朵
装扮在我人生的每一个驿站

你看
我的心都跳出来了
为你
还犹豫什么
现在虽然是冬天
我们的情感也刚刚开始
但春天就要到来
你会享受着我给你的温暖
夏天也不遥远
那热烈的情感
会把你我燃烧成

一道美丽的风景线

你像雨
把我的心抹绿了
我也像青草一样绽放
给你一片绿色
我是你从来没有见过的风景
可你见了就永远不想再离开

真爱

总是远离自己
总是扑朔迷离
总是忽近忽远
忽高忽低

可总有
真爱在逆境中突围
找到自己的归宿

那个女人

一直在天空停留
让我遥望

可你已经像花朵一样
盛开在我心里
可我找不到你

你真是一朵云
仿佛瞬间消失的精灵
真让人担心

在爱的地平线

在爱的地平线
我期待你的出现
我相信你会来到我面前
因为你是我心底最动人的尤物
相信今生你我一定有缘

真爱

愿你是我夜里深处的那朵玫瑰
在深夜开放
让我享受着你的芳香
而又日夜守护在你身旁

夜渐渐深了
我的爱人还没有睡意
我真好心疼
这样老是熬夜对身体不好
亲爱的　你早点休息吧
我会想你
也会祝福你的

别

你走了 不得不到远方
去采摘你追求的玫瑰
悲痛欲绝的寒风中
送一把伞伴你风雨兼程
无论在这里和远方
心永是重叠的
三百六十五封信笺
足以是抚慰的牵线
虽然伴随着孤独
心里却燃着火

写给我爱的人

我想我是爱上你了
把你的心给我吧
爱你的痛苦你不知道
把你的爱给我吧
爱你的痛苦你不知道
我想我是爱着你的

我会把我的心做成你的心
让你心好如初
我会把我的头颅做成你的头颅
让你富有智慧
我会把我的四肢做成你的手足
让你充满力量
我会把我的生命做成你的青春
让你永远年轻

我是你的一切
你是我的化身
我们合成一滴水让江河掀起波澜
我们化成一只雄鹰让理想飞翔天空
我们长成一棵草让大地增添绿色

我们生成一块石让幸福刻进岁月

我想我是爱上你了
月亮正在把我们的爱拉成长长的曲线
让真情与你我相依相伴
星星正在把我们的爱化作夜空的灯盏
把生命的激情点燃

1996 年 8 月 15 日

秋的诉说

秋到了
溪水在潺潺地流动
对你　我的深处
就像这秋水般深切
天凉好个秋
在淡淡的清香中
有我对你不可言喻的情感
春的萌动
夏的热烈
秋的成熟
冬的沉稳
我都没对你说
让这爱像秋的凝结
在心底生长
我永远不想对你说
今生你该走过我这一个小小的驿站
你就轻松走过去
我只想让你分享我的快乐
不用分担我的痛苦
当来生　你沿着秋天的隧道和走过的路
你会发现我为你种的庄稼和编织的梦幻

来点缀你的美丽和幸福
现在秋天到了
你在感受它的魅力
我在聚集它的纯真
这秋的风铃会摇响
我这对你不能诉说的真情

1996 年 10 月 7 日晚

向日葵

（散文诗 26 篇）

散步椰林

（哲理篇 11 篇）

冬

东北风吹去秋，带进浪锁冰封的冬。

是的，冬固然使枝骨裸露，但它在磨炼树的意志，为原野聚集力量。

目光短浅者望着荒野枯树消沉了；高瞻远瞩者却从枯树荒野的内涵中，看到了新的生机。于是，唱起了冬的歌！

散步椰林

散步拾果，眼睛如灯。

散步，我的思想如诗般喷涌，我为椰林撒下最和谐的音符。

椰林，降落的美丽，染我为绿。

光照，在为我祈祷，我静如禅。

散步椰林，伸手折枝，敲响出一支山歌。

散步归来重新寻觅，蓦然回首，终有我成熟之果。

呓语如箫

那天，你踏月归来，满身光芒，照映我的肌肤，令我周身滚烫。

爱在呼唤，却唯有那久久的别离，才使我这般牵肠。

这时，你吹响铜箫，我在箫声中漫步，漫天月华，箫声悠扬，让整个世界被我占有。

冶炼

在一间窄小的屋里，烧旺炉火。

不用关门，也不用上锁，当火焰从地层深处喷射出来，与地层的金属相接，整个屋子便热烈起来。

八面来风，雪花纷扬，让火焰烘烤，进入一种状态，登上高的山，涉过冻的河，一切意象粗犷起来。

一种炼钢的声音铮铮作响。

我们应该学会冶炼。

古寺钟声

响彻了千年，导演着话剧。
林黛玉在红楼梦哭泣，孔雀东南飞；
留下孤独的我在苦苦思索；
……
古钟高挂，钟声响起，
花瓣绽开，又谢去。

题英雄石雕

昂头、挺胸、双目注视……他们也在分享今日的幸福。

什么都凝重，连这脚下的土地。血，把它养肥。

那往事，不堪回首，过去的日子好重、好累，多少坎坷，英雄写就的书，历史自由公正的论说。

朝阳照着他们渐渐舒展的额头，是在告诉我：往日沉重的负荷，已经交给了我。

纪念堂

放在历史的天地间，眼泪模糊。

巨人太累了，以至于这么多的人看他，他也不能醒来。

他的左手牵着一个不挠的民族，他的右手写着一部东方巨作。他的灰中山装与人类同在，他的眼泪与人类同在。

无数双手举起，一片沉默，于是灵魂被巨人照彻，生命有限，人生无限。

巨人能翻一下身吗？这块土地震颤着……

向日葵

心里不说的秘密，就在这圆圆的盘上。
叶在舞动，籽在歌唱，那未放的花是汲取那蜜的力量。
成熟的是太阳，费解的是月亮。
圆圆的轮呵，谁能把真实的生命转响？

森林

芽，嫩嫩，孕着森林的梦。

枝，青青，长着森林的梦。

林子，挡着狂风荡尘，给大地一个绿色的吻。林子，这大地忠诚的情侣。

林子，托起无数个希冀，随着枝一齐成长，林子，这大地软绵的温床。

林子，轻柔如少女的目光，让大地体验着它的温存。

森林，引我走向爱的无烟区。

水和器皿

听风紧了，吹皱了两泓春水。

一泓像下过雪，冰洁玉清，但给人一种冷远的感觉。一泓泛着银光，微波荡漾，似有泄不完的柔情。

水像人呢？还是人远不如水呢？

自己像梦，感觉变化太快了，一个人一种味，一个人换一个时间又一种味。

当心出血时，躺在柳树下，看阳光被叶剪得像张画，叶上阳光明媚，下面阴暗透明，上面雨水做的善事，冲洗干净了，青绿得很，下面还是沾满灰尘。这柳的感觉，两面情不同，何必过分计较呢？

这柳如器皿，可以翻赏的精致，必趋于一种平静。

有人说，尔等对待妻子如同脆弱的器皿。出句似线，牵我想起了女子，激我也有对爱的惊悸，有人谈恋爱本身就会伤害情感，婚姻又会把爱摔碎，如此，这爱真成了脆弱的器皿。

可我又想起了女子的另一种境界，她去爱别人时，会把水装在男人的心里，而当器皿破碎的时候，她又会把碎片放在自己的怀里，这才是一种生活。

水和器皿，爱的两种表现，似在水中翻看器皿，又似在器皿中装着水，这都是一种美。

我像，翻看的景物各有着存在，爱亦如此，不可贸然冷之。

1998 年 12 月 10 日 夜 4 点

远行

踏着一路的星辉，去远行。

把歌声灿放于帆上。

众多的女子，如花点缀在船舷上，听她们节奏韵律化的摇动，看船儿轻捷的航行，满目的感伤。

女性，是智慧的精灵，创造了世界。

远行，这些女子美丽的使者，逆风而上，与千年的陈轨旧迹抗争，用不屈的双手和精神闯荡着这风风雨雨的航程，于是整个船儿走进了光明，整个人类走向了文明。

进步的号角一直在回响着，从母亲滋润我的乳汁里，我知道了爱是一种追求一种奉献。那无数高大的母爱就是一条航船，载着无数小生命走向了未来。于是世界精彩起来，充满了生命的向上绿色，帆高高挂在天上，洒满的星辉与众多的女子融为一体，女性用如月的亲情如石的坚韧，创造着世界，女心如水，荡起一路的歌声。

远行，众多的女子，去远行，她们要到达文明的彼岸，她们要到达智慧的天堂，她们是美丽的使者，不畏严寒霜露，不畏风吹浪打，她们要把整个的人类，整个的人的境界带到至善至美的王国。

远行，女性创造了世界。

船　歌

（生活篇 5 篇）

船歌

夜中的月亮陪伴我，妈妈的叮咛陪我，小船摇在漫无边际的海中。

没有码头靠岸，没有港湾停留，唯一放开船歌的是辛勤的水手。

水手的梦是船载的星光，天花纷落，一桨一橹让水流过，梦却执着。

执着的梦里有雷电的轰鸣，有狂风的呼啸，水手是辛勤的。

夜海放飞船歌，笑声飘过。

秋荷

秋天盛开在荷上，落进掌心。

稻粒透明而美丽。

水在窗前闪亮，小舟荡荡开去。载出一片汗水，载进绿色世界。

听轻轻琴声，那是姑娘小伙子的梦境；

看汽船驶过，那是小村新的节奏。

梦

梦，摇着情丝的摇篮，风作曲。一朵郁金香在曲之终了为我抛来。

铁门铜锁紧闭的季节，都让梦打开。

所有的鸽子和诺言，所有的烟尘和哀怨，都随风在梦中起舞。母亲的企盼，山鹰的歌子，都在梦之天边如霞般灿烂。

我是驼，梦为铃，长长的漠路，等我绿洲的出现。

故土

乡音捻成的路，禁不住令我纵马归来。

风铃清清，彩霞漫诉。声声乳名，唤起我对石墨水色的记忆，而今一座座楼房机器轰鸣。

每条小石路都擦得干净，像是每根树枝都要出一拨动听的往事。

风景不朽，传奇悠悠。

乡愁

风吹着，雨飘进来，心淋湿了，你在哪里？

你在哪里？那里是我愁的归宿，是家乡的一把黄土，还是远方的那棵红枫树。

说不出的一种滋味。不知我缺的是什么？

土里出来，城里生活，面对灯火辉映，长街通明，站在楼顶，望断天涯路，不知我缺的是什么？

捧出母亲给我的那件旧棉袄，摸着父亲送来的那袋玉米面，擦着眼角的一串泪珠，不知我缺的是什么？

村头那条小路，想起双亲握别的双手，亲人送别的脚步声，这是我的根嘛！

对门邻居的那口压水井，想起“呼哧呼哧”压水的响声，提着水桶往缸里倒水的举动，这是我的根嘛！

在那棵枣树下，想起摸着母亲的乳头吸奶的情景，父亲打我顽皮的吆喝声，这是我的根嘛！

为什么你哭了，雨亦更浓。

1995 年 5 月 5 日 夜

信　笺

（爱情篇 10 篇）

思念

思念是一片不灭的火红，牵着青春的思绪飘向远方。

多情的心，在深深地祈祷、企盼。

泪水不要淹没了火红，也不要成为一个失落、苦涩的故事，让思念谱成一首昂扬的情诗，激荡着这颗心走向前方。

爱的记忆

温柔和潇洒缠在一起了。

在严寒中凝结起纯净而光泽的彩霞，弹出悠扬的忧郁，唱出一个季节的风风雨雨。

温爽的风，吹出一支支梦魂萦绕的柳笛，溶解一串沉甸甸的思念。

成熟的绿叶狂舞着，从黄昏到黎明，我罩不住梦的呼唤。夜径被相思挤弯了，缩成一个跳动的点。

湿漉漉的双眸滋润着心里那片倾斜的渴望。

雾曾弥漫，船未搁浅，奔上神秘岛，去寻找选择真情的勇气；雾淡了，挥洒出男性无声的泪。

一叶扁舟，一支柳笛，装饰了自己心中最能体会的爱。

邮码

邮码如琴，拉长一曲悠悠柔柔的心音。

万般的苦泪，让这有邮码载给你，邮箱在你的手中，钥匙在你的心上。

能打开吗？琴声正响在你的周围。

信笺

鸟唱着把秋天带走了。
叶无声叹息，落在地上。
是谁把这梦带进我的心中呢?
是那断弦的信笺。

夜思

在忧郁的斗室里，心泪如雨。

愁结的思绪，只留下牵肠的挂念，遥寄远方的心。

此时，我似在梦中，掀起一种不可名状的空虚。虽然对你的等待遥遥无期，甚至会绕过我的青春，但我深知，只有你才能填补我空虚的音符，谱下我人生的乐章。

圆

圆，是否是你该画的圈围？

那长长一打线的衔接，是婉转的音乐，踏着它的节奏，与你合唱。

圆，围着你也围着我。我们该画些什么？

酒杯

把春天以雪的冰洁，注入一个杯中，饮杯中烈性之酒，苦涩的是你的影子，甘甜的是你的身心。而酒杯本身就是一口灵性的钟，敲响在你人生的旅程。

生活碎语

阳光如花，岁月如琴，我的爱人，把故事编成新书，把我夹进每一个书页里，伴着你的深情生长。

我的爱人，请告知我们唯一的孩子，阳光如花，岁月如琴，这是生活的美丽。

你在雨中行走

你已习惯于在雨中行走，从不打雨伞。

你说，这种姿势很美，淋湿的只是头发、衣裳，而我的心永远洁净明亮。

大地、森林，因为有了你的脚步而格外美丽。

脚步是一种庄严的声音。

雨，这歌唱的鸽子，把你的身影带到了远方，带到了你要到的那个王国。

你走吧！在雨中，无论你走到山峰上走到深谷里走到江河上，你是一样地坚强，一样地执著，一样地快乐。

雨声，是你的歌谣呀！脚步声，是你的歌调！你走出一路潇洒的歌。

走吧，向天南海北走去。

你走吧！在雨中。

给你

我无意爱托的梦，被你的闪现打断了，在似懂非懂的目光中，我看清了你圣洁的魂灵。

我一直在祈祷，带着真诚无瑕的恋情，我要把我献给你了。我没有万贯的财产，没有荣耀的地位，我有的是圣善的心灵，热爱生活的勇气，死也不灭的追求，有的是忠贞不渝的情愫。

在爱中，我踏着坎坷，走进你的梦中，走进你的生活，我不敢肯定你会接受这永生幸福而美丽的缘分，和我一起去浪迹人生。

日子就是这样令我留恋，我不由自主地思索着我们相聚的时候。我们谈笑的风景将永恒地驻足在我的记忆中。

爱需要一段艰难的历程，不再急于求成。爱需要抓住机遇，否则会遗憾终生。

多少次我在苦苦地寻找你，对着彩霞，对着小溪，对着草地，我看到了你，看到了你美丽的影子，看到了你在远方向我招手，向我奔来。

我唱着赞歌，向你跑去，这是我一生的激动，我们欢呼着，在天之尽头，融在了一起。

1991年3月9日

太行石

（古诗 8 首）

太行石

人逐鸡鸣远，
屋静雪地白。
柿生山涧树，
风落太行石。
农舍环流水，
农家焕然新。

2017 年 5 月 8 日

临近前海处

临近前海处，
醉卧温柔乡。
海涛伴左右，
涛声如娇娘。
把心交给你，
一起去远方。
君心如星光，
一生不迷茫。
但愿君似我，
彼此有情场。

2016 年 12 月 27 日

雨可一路洒

雨读屋檐下，
一人一人生。
雨可一路洒，
我又奈何从？

2016 年 12 月 27 日

思君

思君不能寐，
夜夜细思量。
我在夜周围，
君在夜中央。
缠绵如细水，
思念如夜长。

我在夜色外

我在夜色外，
君如花开放。
思念如夜帷，
伴君似水长。
君心不知夜，
我心在彷徨。
夜夜水自流，
水流似泪伤。

梦想

但愿人生与君狂，
风雨同舟追梦想。
不怕暴雨遮天际，
却比后羿日月长。

鼓浪牵台湾

棕榈伴海响，
夜色不入眠。
一水连两地，
鼓浪牵台湾。

鹧鸪天·无间叙

春秋风景在野场，蝉鸣树枝颤心伤。
冰雪寒，难遗忘，叹就叹在白头上。
今生与君无间叙，来生化梦伴君长。

后　记

诗歌抒情言志。从 1987 年工作至今，整整三十年，对诗歌的喜爱也从没间断过。在生活工作之余，灵感总是时而迸发，就随时写出来，日积月累，也确实有了很多的收获，也不断有好诗好句子让自己感动。

写诗对我来说就是一种情感的表达，这其中包含我从十八岁的萌动到四十多岁的不惑，人生的感悟也尽在其中。还有，我对祖国无限的热爱、对工作深深的体验、对生活细细的品味等等，我都会用诗歌来传递一份情愫、一份感叹、一份真谛。

记忆最深刻的就是对慈母的怀念。我这前半生，受父亲、母亲的教诲最多，特别是待人接物的坦诚和为人处事的豁达。虽然他们离开我们几个孩子已经十几年了，但总是在梦中梦见老人，也是孩子对老人有声和无声的怀念，于是总会激发我的深情回忆，写过多首小诗以表纪念。

“三十而立”，正好今年把自己写的诗歌也做个小结，也“立”一次。这几个月整理了几次算是有了初步的概括。

随后，把初稿给了老领导慎海雄同志，他给予较高评价，提出了意见，也鼓励我出版。到了九月底，该找人写序了，这让我想到了我的恩师闵凡路老师。闵老在诗词界名望高、要求严。我是怀着忐忑不安的心情来到闵老家里的。闵老对我一直关爱有加，就答应给我写序，真让我激动。

我们单位的领导和不少同事也都从不同角度给予了指点和鼓励。诗稿到了新华出版社，编辑郑建玲、赵怀志、徐文贤也费了不少精力，帮助我排版内文、设计封面、调整布局。还有新华网申钉钉、我的二姐马书玲、爱人黄莉、女儿马令怡等都帮助我整理诗稿，在这里一并表达我的感谢之情。

其实，我不是太懂诗，只是在师范读书时有所了解，工作后继续提高鉴赏水平和写作能力，新诗旧诗都试着写一点，有时候虽然感觉写得不好，但还是一直写到现在。扎根民族土壤、坚持民族特质、借鉴外来技法，抒发自我情感、激扬挥洒文字，写的诗歌总会被认可、有人读。我的诗歌只是真情告白，但闵凡路老师和业内专家给予了较高评价，让我很欣慰。今后，正像闵凡路老师给我的叮嘱一样，自己愿意沿着这条路继续写下去。

2017 年 10 月 18 日于北京

ISBN 978-7-5166-3506-3

9 787516 635063 >

定价：32.00 元